생각의 잔고를 쓰다

천년의시 0126

생각의 잔고를 쓰다

1판 1쇄 펴낸날 2021년 12월 10일
지은이 최조을순
펴낸이 이재무
책임편집 박은정
편집디자인 민성돈, 장덕진
펴낸곳 (주)천년의시작
등록번호 제301-2012-033호
등록일자 2006년 1월 10일
주소 (03132) 서울시 종로구 삼일대로32길 36 운현신화타워 502호.
전화 02-723-8668
팩스 02-723-8630
홈페이지 www.poempoem.com
이메일 poemsijak@hanmail.net

최조을순ⓒ, 2021, printed in Seoul, Korea

ISBN 978-89-6021-606-8
        978-89-6021-105-6 04810(세트)

값 10,000원

생각의 잔고를 쓰다

최조을순 시집

천년의
시작

2020년 노벨문학상을 받은 루이즈 글릭은 첫 수상 소감 인터뷰에 나는 살아 있는 경험으로 시를 쓴다 했다. 이 말이 내 가슴을 살짝 건드린다. 이분과 비교할 수는 없지만. 나도 꿈틀거리는 체험을 시로 엮은 것이다.

살아 있는 경험에 집중하라는 것은 어머니의 말

길 위에 방향 표시가 희미해도 길을 인도한다.

시인의 말

봄이 계절을 열어 싹을 틔우고, 가을로 가는 길에
나도 일흔이 넘어서 1년에 책 100권을 읽어 보았다.
어느 상보다 감회가 깊다.

새롭게 이사 온 집에서 2년 동안에 50편의 시를 짓고
올해 5월 끝자락 유튜브에 「솔」이라는 시 한 편을 올려 시청자에게
뜨거운 호응을 얻은 것은 함께한 낭송의 역할이 한 몫이라 여긴다.

나도 가끔 내가 누구인지?
매사에 부족한 내가 자작시 「봄 길목에 서서」 작곡도 하여
대한민국 국보급 바리톤 고성현 한양대 교수님이 이 가곡을 부

르시고.

동영상을 받은 날 나는 혼자 웅크리고 울었다.

내 인생에 태풍 같은 사건. 사건은 만드는 것.

주님은 미리 계획하시고.

무슨 글을 쓸까 걱정을 놓아라!

"보라" 여기에 나와 함께한 이가 있다.

네.

주님! 저는 단지 주님의 도구에 불과합니다.

차 례

시인의 말

제1부

생각의 잔고를 쓰다

어머니 창문 닫으세요
잿빛 연기가 몰려와요
다급한 음성
매캐함에 목이 타는 줄도 모르고

푸른 잎아 무더기로 태워진 죽음아!
길을 내고 산을 가꾼 보람은 어디 두고
타는 청솔 혼 눕히지 못해
먼 길 밴쿠버까지 왔는가

날벼락으로 천 길 떨어져 날 수 없는
"우리 새야" 독이 오른 화마야
복더위 한낮 창문은 웬 말인가

아아, 어쩌다 이런 형틀 고문인가
뉴스는 바빠 진종일 돌고

우뚝 선 산이 산을 내려놓고
산 아래에는 울음조차 없다

>

코비드 19 너는 누구니?
붉은 살점 떼어 내는 잔인 앞에
안녕이라는 인사 먼 허공에서
피눈물도 피해 가는구나

아! 어쩌다 이런 벼락에 놓였는가
나는 아직 나를 바라보는 뜰의 나무며
피는 꽃들에 내 발이 멀어질 수 없거늘
문득 바람인 듯 "생각의 잔고"가 스친다

그래 생각의 잔고가 있었구나!

꽁꽁 닫힌 창에서 "마음 창 열자"
푸른 공원 숲을 옮겨 놓자
떡갈나무, 자귀나무는 거실에 푸름을
꽃이 핀 야생화는 복도에 놓자
화사하지 않은가!

하늘의 빗살로 내 마음 다스리리니
발의 기운은 입맛으로 살려야지

>
냉장고에 엎드린 야채는
은빛 띠고 달려오는 햇살로
고기는 노릇노릇 황금빛 쟁반에 담자

"와 근사하다"
그래. 이거야 무릎을 딱 치고

새로운 주문은 내 안의 것
전능하신 분의 손 아래
난 오늘 생각의 잔고를 썼노라

입가에 피는 꽃

꽃잎 피기로
어느 꽃인들 아름답지 않으리
백합 장미 진달래도 한 시절 피면
스치고 마는 것

웃음꽃이 있기로
입 언저리에 와 꽃송이 터지면
몸은 출렁출렁 자지러지고 정신 차릴 때면
짓눌린 어깨 결림 저만치 물러서 있다

몸속에 들어간 꽃잎은 저마다 기억을 간직해
야들야들 휘파람 불면
몸이 아프다 또 어찌 내색을 할까
이빨 사이 신음도 비켜 가네요

웃음꽃도 꽃잎으로
만인에 평등하니
너무 착하다 무시는 말라 한다

나 어제 집 입구 바닥에

엉덩이가 철썩 했지
순간 웃음꽃이 빵 터졌죠
아픔이 웃음꽃 보고 수줍었는지
난 엉덩이만 툭툭 치고 일어났어요

논에 물 대는 모터 소리는 윙윙
웃음꽃 피는 몸뚱이에는
게으른 배꼽이 들썩들썩

수시로 수시로 웃음꽃이에요!

사랑을 물으시거든

내 집 뒤뜰에 성모님상 모시고 싶었다
친구는 내 이야기 우물처럼 깊게 들었는지
부탁도 아닌 버선발인 듯
남편과 함께 방문이다

다음 날로
부부는 손자국 윤이 나는 차로
억센 재료를 차 등에 실었다
운전은 곡예 내 손에는 땀이다

손끝은 제비처럼 날렵하고
터 위에 삽이 들어가는 속은
뼈처럼 단단한 뿌리가 있다
수없이 내려쳐도 힘만 빼앗는다

잠시 시간을 줍시다
저 뿌리도 빠져나올 궁리를 할 거예요
많이 부대꼈으니

일주일 시간으로 성모님 거처는
한 땀 한 땀의 수로 엮었다

>
부부는 지쳤을 텐데
성취의 기쁨 위에 하얀 박꽃이 핀 듯
얼굴이 해맑갛다
먼 길에 음식까지 챙긴 친구야!

난 무엇이 좋을까 수고의 땀방울에
몇 갈래 생각인데
기름값도 손사래 친다

아! 아니 이러시면 안 되지요
말이 안 되잖아요!
별나라에서 오신 것도 아닐 텐데

애초에 버선발 알았지만
당신들은 내게 눈물입니다

문득
모네의 건초더미 그림 속에
저 부부가 살고 있는 듯
붉게 타는 노을이 빈 들녘에 앉는다

노인과 박꽃

초가지붕 위 하얀 박꽃
유년 시절 머리 들고 바라본 꽃잎
노인이 되고서야 꽃잎 거두시나

자매님!
내 텃밭에 푸성귀가
손맛을 잔뜩 먹고
살이 쪄 자리다툼하고 있어요
와서 진정시키고
한 아름 보듬어 가세요

할머니는 텃밭에 잔디를 걷어 내고
갖가지 봄 씨앗을 뿌렸다네
고향 어머니 박꽃 심었다네

아우님
호박이 햇살 아래 반질반질해요
젓가락이 달짝지근할 거예요
어서 오세요

\>

형님!
아무 허락 없이 막 따 가는 것 막으세요
아우! 딸 것 있으니 여기 오는 거지
그네들 떨구고 간 고향 냄새
나에게는 향수야
구릿빛 덧댄 할머니 얼굴에
하얀 박꽃이 여무는가

하얀 박꽃 노인에게
가볍게 찾아오는 이
마음 한 자락 깔고
어머니와 고향 흙의 향기가
여기에 다 와 있다.

만나는 대로

M씨 우리 만남에서
서로 모습 발견했으니
마음 문 열어 봐요

밤하늘에 머리를 들어야
하늘이 열리고 은빛 별을 보듯이

바다에 몸 쑥 넣어야 바다 문 열리어
춤추는 바다 파란 물고기 볼 수 있잖아요

그러니 우리 사계절에
겨울에는 우리가 사는 법을 배우고
봄 새싹이 돋으면 얼굴 마주하고
땅에 허리 굽혀 사랑의 입 맞추어요

불타는 여름엔
가을을 나르는 땀의 계절로
겸허히 더위를 이기고

서리가 들판을 눕히어

누렁이 호박 배를 지그시 드러낼 때
황금빛 가을 계절 속에 우리도 누워 보아요

나는 한때 삶에 대한 위험한 노출 있었기에
내가 여기에 왔고

나는 엄마의 개벽 진통을
아스라한 울음을 늦게 알았기에

내가 가진 내 자신의 소중함이
M씨와 함께 있는 거예요

보이잖아요
저기 하늘이 높고 청춘처럼 파랗잖아요!
만나는 것도 이와 같아요

와! 하고 팔을 벌려 보세요
또다시 정진입니다

솔

고국에서 입양한 강아지
솔이라 이름 짓는다
두 팔에 안기는 몸집 내 팔이 가볍다

차를 타니 문풍지 겨울바람인 듯
강아지 바들바들 요동치는 심장은
내 손바닥에서 내가 울컥이다

솔아! 절망을 놓아라
나는 너의 새엄마야

나도 너와 같이 이 나라가 나를 입양했어
걸음마도 아닌 언어에 다물린 입에
내 간직한 국화바람꽃까지 떨었단다

솔아! 내 눈을 봐
너는 나를 만나려 온 골목을 헤매었고
나는 너를 만나려 알뜰한 꿈꾸었나

가난한 인심은 내몰린 환경에서

시냇물 찰랑거리는 노랫소리 기억하는 가슴은
고향 가는 엄마의 비행선에 너를 태웠나 보다

솔아 보이잖니
푸른 잎새 파란 잔디가 너를 보고 있음에
하늘엔 미소요 마른 자리는 안도의 기쁨인가
절룩거리는 다리에서 힘살이 오른다

고운 바람 불어 네가 있고 또 내가 있음인가 보다

자, 밖으로 나가 나비가 약동하는
이 아름다운 동네를 한껏 즐기자
우리만의 새롭고 아늑한 들국화 피는 길섶에서
노래도 좋을시고

이 밤이 있기로

공항버스에서 내린 안양시 겨울 초저녁
팻말도 없는 간이 정류장엔
빈 발걸음이다

동생 마중은 실종이다
들뜬 마음은 찬바람에 얼고

누구 없소?
나는 여기 가로등 하나도 몰라요
짐이 나를 괴롭힐 뿐
내 고국 그리움이 이리도 어둠인가

누가 보낸 듯
학생인 듯 세 남자 앞을 지난다
폰 좀 빌릴 수 있을까요?
알아차린 듯 핸드폰을 잡은 채
큰 짐 두 개를 지하도로 휙휙 나르고

나는 이윽고
가시나야! 입이 터지고

내 퍼런 입술에 초승달이 뜬다

학생이 먼저 인사를 한다
나는 얼린 배추색 지폐를 한 손에 쥐여 준다
아! 아니에요
시선 반대쪽으로 달아난다

어느 학교요?
대림대학이요

돌연히 뇌성이 치듯 혜성 은빛으로
불러 보는 저 이름

안양에 대림대학이 있구나!

밤아! 너는 들었느냐?
아침을 여는 저 소리를

바다가 준 꿈

화포 바다 갯내음이
아침 햇살에 밀려 신혼집 창가에 스미면
나는 창을 열고 바닷바람에 콧등을 내민다

당신은 열정 교육자 선발에 개화의 첫 문으로
미국 연수가 봄 동산 진달래처럼 화사하고
난 바다가 넘실대는 푸른 물결로
이민 바람으로 몰고

당신은 우직한 훈장으로 공직을 놓았지요
그해 우리는 8월 태양처럼 뜨거웠다

공항 첫발 외투 껴입을 때
들뜬 기대는 반대쪽으로 심술 같았으랴

싸락눈 같은 첫 이민 생활
당신은 권위 양복 벗고
구두 수선 일에 뛰어들 때
나는 할 말 잃고 눈 감기더라

>

마실 물 떨어지는 절박도 아닌데
당신은 "어찌 그리 용감하셨는지?"

그해 늦가을에는 메밀꽃이 수수하게 익어서
당신이 좋아하는 메밀국수가 기다리는데

낌새도 없이 내 숨 쉴 틈도 없이 가시는 날
당신은 얼마나 억울했을까?
세월은 그냥 흐르더라

거울 앞에 세운 당신은
억센 들판 바람 자리에
노랗게 피어난 민들레였나요
노란 홀씨 바람 부는 대로 맡기고
유별한 당신 손 땀은 바다로 갔나

식구들이 모인 긴 식탁
아이는 어른 자리에서
통째로 구운 연어 애들아! 너무 짜지 않니?

거울 속 주님이신가요?

오늘 주님 성전 "축복 날"
신자들 오랜 소망 오늘에 이르고
새벽 정각 4시 꿈이 나를 깨운다

난 꿈속 큰 십자가 들고 앞장서고
이어 낯선 여인은 내게 동산에 물 뿌리라 한다

주님 이름 크게 불러 보지 못한 내가
십자가는 무엇이며 여인은 누구인가?
저문 날에 지워지지 않는
하얀 천에 얼룩이다

꿈인 듯 꿈이 아닌 듯
당신은 허깨비처럼 가시고
난 강물이 되었습니다

이런 나를 더 때릴 것 있나
내 지문이 살아 있는 터에서 시비를 하잔다

영문도 몰랐다 시비도 몰랐다

군화 소리가 철커덕 철커덕
허허벌판에 격전지 같다

눈물과 고통을 알기 전에 나는 무엇을 몰랐는가?

나는 한때
눈감지 못하고 나만 찾는 급보
올케의 눈 감기고 망자 길에 기도 한 필 깔았다

주님은 어디 계신가요?
겨울 등에 탄 칼바람 저녁은 매섭다
찬 발 집 안으로 들이고
"어머니 장미 향기가 나요"
아들의 나직한 음성
"그래. 장미 향기로구나!"
누가 다녀갔니? 아니요.
난 한참 두리번거렸다

갇혀 죽은 쥐 독성은 누가 치웠단 말인가?

>
멈추어 버린 영혼의 시계

어머니 우리 어디 갈 수 있을까요?
처절한 물음 차마 감당키 어려운데

일초의 섬광처럼 극적인 탈출 밧줄이 내린다
이스라엘 백성이 홍해를 건너듯

주님은 저를 위해
내려놓는 법 가르치려 무던히도 애쓰셨네요

눈을 떠 보니 겨울 뒤에 오는 봄꽃
때 기다려 뒤뜰에 수국이 한 아름 핀다
무더기로 핀다

묵주 알 돌리는 손끝에
은총이 가득하신 어머니
제가 여기에 있나이다

봄 길목에 서서

공원 숲 언 땅 가르고
이른 새벽 일어선 크로커스

다 안아 한 줌 꽃잎으로
영롱한 보라색
이리도 곱단 말인가!
발걸음 멈추고
추억의 눈 속삭인다

보세요! 이 예쁜 날에
풀잎아! 흥겹게 춤을 추어야지요
숨죽인 꽃잎아 너도 일어서야지

봄 길 여기서 고운 바람 옷깃으로
아지랑이 꽃길을
사뿐사뿐히 걸어 다오

신부님 한지限地에 가시다

신부님.
성전 가꾼 이십삼 년
뜰은 가을 노란 들판이다

여기에
바람도 한 번쯤 새롭게 불고 싶어
회오리바람으로 왔는가

한밤
고이 주무시는 신부님 방문 젖힐 때
밤공기 살갗 소스라치고
뼛속까지 관통한 전율
긴 안개 속 서릿발 같아라

마주친 님의 눈빛 내 눈에 어린다

한 그루 한 그루 이룬 숲 산등성이에
꽃 피고 씨 여물어
이것도 저것도 다 스치는 것

>
아! 물음표 뒤엔
또 다른 기다림의 시간
새로운 영지에
묵은 오솔길 내는 님의 발아래
파릇한 싹들의 성가가
님 가슴으로 스미겠다

꿈은 아름답다

왜소한 몸집 포도송이야
가을 서리에 외로운 시선에
변신의 꿈 꾸었나

꿈은
고난의 긴 시간
붉은 눈물이
그믐달에 익어
보름달이 뜰 때

마침내 해탈한 모습 말갛게
눈에 어른거리고

찰랑거리는 잔 안 "와인"
너를 잡는 다섯 손가락
너를 감싸고

음! 향기롭고 감미롭고
온몸 스미려고 너의 꿈이
이렇게 익었나 보다

꽃 한 송이가

한 송이 꽃
색깔 하나로 곱다

한 송이로는
외로운 것

여러 꽃잎 뭉치니
한 다발 꽃

두근거리는
심장에
뜨겁게 안기는
가슴 꽃이어라

주님 부활 대축일에

주님 부활하셨네!
덕우드 꽃잎이 하늘을 향할 때

40일 수난의 길 얻으셨네
주님은 숭고의 십자가에 처절히 매달리시고
우리가 살고
영원이라는 삶을 얻었네

낯설은 이웃도
맑은 인사 담을 넘네
부활은 만인의 희망인가 봐

식구들 이야기꽃 피우네
꽃이 핀 탁자 위 음식
마음 따라 핀 꽃 몸으로 웃고

와인 잔이 출렁거리네
케이크에 촛불이 춤을 추네

오! 주님

안개 속에 묻힌 빛이
우두둑 제게 떨어집니다

제2부

몰랐던 것에

내가 너를 모르기로
함께 보낸 시간으로
너의 예쁜 솜씨 보았으니
이 얼마나 산뜻한 일인가

너는 나를 모르는 것으로
서툰 일에 얼마나 괴로웠을까

알고 나면 쉬운 것이
이리도 먼 길을 걸으면서
길 찾는다

손맛 있으면 마음 맛도 있을 터

나는 내가 뒤척임으로 알고
너는 너의 손끝 맛으로 알 때

정다운 햇살 아래
손맛 입맛 마음 맛 둘러앉은 식탁에
몸 향기 정을 피우리다

우아한 하루

만남은 기쁨인가 봐
1월 차가운 기류에도 발걸음 가볍다

믿는 자는 희생인 줄 모르고 분주하고
그 발걸음 발등에 등불임을 알 때
커피 한 잔 위로는 나의 부끄럼입니다

부장님!
수고 많았습니다

바람 불면 흩어지는 갈잎에
안간힘 쏟으시고
제가 한몫했으니
오늘 이 시간 서운함의 위로입니다

곰삭은 혜안의 인품
믿음은 온몸에 흐르고
겨울 햇살처럼 다정해라

형님 목에 두른 오늘 스카프는

햇살처럼 어울리고
고운 입술에 풀어내는 이야기

그 여인은 "진국"이에요!
아! 그래요!

나의 빈 공간 서늘한 기운에
꽃 한 송이 피우는 이 시간
우아한 하루가 된다

주님 사랑이었나요?

삼 형제 막내는 딸 둘에 아들이 없다
뜻밖에 사내아이를 낳았다

아비는
임신 소식 처음 들었을 적
하늘이 빙 돌더란다

말하는 아들 옆 얼굴색이
회색 구름 같다
무엇이 이토록 어둠인가?

두 딸 키우면서 내 집에
아이 안고 온 아들
아기 밑 처리 등까지 올라간 질퍽한 똥
닦고 또 닦고 어쩜 저리도 잘할까!
제 새끼지만 남자가!

내 것도 내 얼굴 돌리는데
본 것이 전부가 아닌 듯하다

\>

아기가 태어난 날
아기는 두 눈을 번쩍 뜨고
사나이 주먹을 불끈 쥐고
"아비 가슴을 꽝 쳤겠다
눈시울이 붉어졌겠다"

나의 집에 계시는 아기 예수님
별을 따다 책갈피에 새기듯 모습 그대로
이리도 오묘하게 증거이십니까
엎드려 눈물입니다

주님은
눈 밑 회색 애처로움에 새잎 사랑으로
네 뛰는 가슴 보시려고 경계의 감시 눈 피하여
아가페 화살을 쏘았나 보다

겨울 수국은

촘촘한 꽃잎
한 사발인 듯 탐스럽다

봄 꽃잎 연둣빛
하늘 아래 무더기로 곱다

여름 한나절엔
열 삭히듯 꽃잎 배추색으로 달려가니
내 더위 너의 곁에 피신한다

가을 찬바람 아쉬운 듯
꽃잎 못내 홍조를 띤다
꽃잎 하나 흘리지 않고

겨울은 너를 아는가
곧은 절개의 꽃대에
너를 건드리지 못하고

계절은 흐르고
타는 불꽃도 흘러

다시 오시는 날에
나는 한 살 여윈 날로
너의 절개 다시 보겠네

신앙 고백

주님 처음 소개받았을 때
네, 믿습니다 외쳤다
따스한 햇살의 신비를 듣고

주님께 눈을 떴으니
구름 위가 내 것인 듯하다

나는 언제인가
큰 소리 입김이
나의 방 촛불을 꺼 버렸나
어두운 밤은 대낮 속 이야기인 듯 채우고

회오리와 번개인 듯
머리조차 들지 못했을 때
나도 모르게
두 손 모으고 있더라

이게 나의 신비였나?

돌아서 돌아와 보니

이제야 주님 사랑임을 알았습니다

주님이
나의 아버지임을 알 때
내가 생각만 해도
주님은 먼저 내 가슴에 오시어
드럼을 한번 쿵 치시고
눈물을 닦아 주신다

몹쓸 바람이었나요?

모시 적삼 하얀 여름
엄마 가슴 같아라
그 모습에······

오빠는 소아마비 두 다리 끄덕끄덕
엄마 마음 흔들흔들
문지방도 기우뚱기우뚱했겠다
질서 없는 장난기의 모진 매였나?

내가 훌쩍 이민을 떠난 후로
엄마는 바람난 딸년에게 휩쓸리고

앞마당 철 따라 피는 앵두꽃이
뿌리째 뽑히어
눈 잃은 서러움이 그리도 가혹했나요?

내가 엄마를 볼 수 없는 날에
그제야 내 발걸음이
엄마의 가슴 뛰는 날인 줄 알았습니다

＞
그러함에도
어릴 적에는 그랬고
엄마가 되어서도 몰랐다
허연 머리로 찬찬히 들여다보니
엄마가 웃어 본 적 없다는 것을 몰랐다

내 몸 다 준다 해도 억울할 것 없는
눈물이다

한마디 물음에

어머니!
요즘 글 쓰세요?
이사 온 집 사방에서 글 소리가 들리는 듯해요
둘째 아들의 말

"시"가 아들을 앞세우고
동서남북이 내게 손짓인가

시 좀 친한 사이다
아니 내가 외로워서 너를 알아본 것
얽매이고 싶지 않아 오랫동안 가만히 두었다
가끔 너를 불러 이야기한 적은 있었지만

분위기가 내 마음 흔들고 속절없이 말려들어
한마디 말에 봇물이 터졌나? "시"가 둥둥 냇가를 건너고 바다로 도달할 즈음
2년의 시간을 탔다 그 속에 시가 50 자식을 낳았다 눈은 흐리고
손가락이 아프다 생채기의 반응은 웃기도 울기도 반복이다 때때로 호수에 파란 등을 보이는 물고기를 발견했을 때 무

심히 입을 벌리기도. 여기에 내가 매혹됐는가?

약속이라는 거대한 말, 그물에 걸려
발버둥 치는 것에 내가 미웠다

하룻밤을 통째로 검은 바다에 빠뜨리고 나서 겨우 내가 숨쉬는 것을
알 때 수줍은 시가 얼굴을 내민다 내가 너의 미소에 안도가 되는가

글 쓰라는 사방 소리에 가볍게 들다
무게에 짓눌리고
씹히지 않는 입안의 심줄 갈등의 부담을 넘지 못하는데

주님은 제게 시인 자격 갖추려
이토록 혼 빠지게 다루신 것을
이제야 제가 입을 열겠습니다

보세요
말이 필요치 않아요

12월의 수첩

한 해 마감 12월은
장미도 알고 자작나무도 안다

장미는 꽃잎 봄을 기다리고
자작나무는 왜소한 몸집이 더 춥겠다

나는 지금 끝 달에 서서 겨울의
날카로운 바람 소리 듣는가
지난해 내가 적어 둔 수첩을 들고

외로운 이에는 예쁜 엽서로
이름 불러 주고
이 이름 당신이
나에게 불러 준 이름이에요

그대들이여!
당신들도 아침을 보았고
여름날의 태양을 보았기에
시대의 차이에 두려워 말아요
힘든 어깨 휴식은

내일의 등불인 것을

그대들 지금 꾸부리고 있는 머리 위로
해가 뜨도록
존재의 소중함에 내 작은 손이라도 뻗자

구세군 방울 소리 사방에 딸랑딸랑
일어서라 함께 걸어라

집 앞 트리가 이른 저녁부터 빤짝빤짝
찬바람 데우고 있다
나도 전원을 꽂는 시간이다

별똥별이 떨어지는 건

별똥별이 떨어지는 순간으로
그 님! 바라보는 빛 속으로
난 뜻밖에 이사를 한다

미리 점찍어 놓은 듯
이 집 친구처럼 온화하고

동쪽 큰 유리창 커튼을 열면
계절을 잊은 나무들 여전히 젊고
 아침을 열어 준다

서쪽 창가 고갯길 양옆으로 화사한 집들
덩그렇게 앉은 붉은 집 지붕이 분위기를 탄다
언제 꿈이라도 내가 꾸었는가

남쪽 도로 위에 노을이 머물면
불타는 빛살 안고 집으로 향하는 차들
하루 일과 채워 가는 보람은
내일로 환해 보이고
난 하트를 날려요

>
저녁 식탁
빨강 피망과 푸른 상추
노랗게 구운 갈비 한 점도
식지 않는 온기로
사랑이 익어 가는 저녁
감사와 감사의 저녁이겠어요

숨 쉬는 것도 내 것이 아님을
나는 두려워 다시 촛불을 켠다

안부

숲속 나무들이
한여름 계절에 서서 한창 자랄 때
나무 곁에 선 나도 한 뼘의 키를 키운다고
온 길을 돌아보지 않았다

좀 온 것 같아 하늘을 보려 허리를 펴 보니
아랫길이 멀다
산 아래 안부가 이제야 나를 보는가

오라버니!
전통 관습에 품위를 지키시는 분
늦은 소식 마음 저립니다

파란 하늘가의 하얀 뭉게구름 사이
점점이 고운 음성 들리고

최실아!
네. 이제야 대답입니다

언짢은 마음 알아요

윙윙 바람도 좋아요
그건 봄 오는 소리잖아요

안부를 기억하는 이 시간이
제가 나를 묻는 시간입니다

성모의 밤에

성모님이 길을 나시어
우리에게 오셨다

빤짝이는 촛불
그윽한 장미 향기
넓은 홀 가득 메우고

촛불은 다짐이며
장미는 아름다워라

성모님은 웃으시고
이 밤이 황홀하고

저의 어설픈 몸짓으로
성모님 뵙는 이 밤
성모님은 괜찮다 나의 딸아
안으시는 품 안
따스하고 가슴 벅찹니다

성모님. 당신은

믿는 이 만인의 어머니 되시려
깊은 상처 싸매시고
이 새의 그루터기에 햇순을 뽑아 올려
맑고 아름다운 세상이기를
지금 우리 곁에 서 계시고

하오나 어머니
나의 믿음이 또 일상에서
오늘 밤을 잊고 먼발치에 있으면
어머니는 입술이 타시고
저희를 또 부르시겠지요

알아요
오늘 이 한 걸음의 고백이
상록수처럼
푸른 잎으로 한자리에 서서
그리하여 제가 믿음으로 살게 하는
이 밤이 되게 하소서!

오늘의 묵상

하나님 말씀이
온전히 빛으로 오심을
믿는 시간입니다

알게 모르게
나의 죄에서
고백하는 이 시간
영혼에 흘리는 눈물입니다

이 눈물이 내일
맑은 햇살로 거듭나는
풀잎이기를
소망하는 나의 기도

주님 뜻 안에 무언의 강물도
붉은 눈물도
사랑임을 알았습니다
또다시 알게 하소서

첫눈이 내리는데 아름다운 집에서 무얼 느끼나요?

친구가 물어 온 말
집이 아름답다 하는 것은
아름다운 눈을 가진 까닭이요
첫눈은 마음 한 언저리겠지요

하늘에서도 간밤에
한 번쯤 하얗게 덮고는
'참 깨끗하구나!' 하고
보고 싶은 게지요

오각 육각 꽃무늬
동네를 휘돌아서 강아지 등에도 펄럭이고
아이들 비탈진 길 지들의 길로 달린다

왁자지껄 살아 있어
순수한 마음 눈꽃 날이에요

화문 도자기

내 정면으로
앉아 있는 화문 도자기

색깔 문양
별빛보다 곱고 달빛보다 더 밝다

누구라도 손댈까 조바심
난 첫날부터 마음 차 있었다

누가 이렇듯 곱게 빚었을까
한 아름 꽃잎 모아
몇 밤 지샜을까 마음 졸였을까

그대여! 당신은 누구신가
예술은 하늘을 닮고 생명도 길어라

나는 너의 선택에
내 고단한 시간에
너는 나를 껴안는다

제3부

.

풀꽃

풀꽃
너의 이름은 모른다
푸른 미소가 있어
화분에 놓아 보았다
서리 맞고 물러선 빈자리에

제자리인 듯 한자리인 듯
기운대로 일어선다

내가 너를 처음 본 만큼
온몸 일으킨다

굳건함은 의지를 품었더냐
자꾸 시선이 간다
보는 만큼 정이 든다

단풍잎

창가 바로 앞
단풍잎
내 마음
붉게 물들인다
가을바람으로
흔든다

머리 위에
붉은 잎 떨어진다
가을이 떨어진다

타는 가슴
불꽃으로 남아
가는 길에
단풍잎이 되었나

완도 김

바다가 키워 준 돌김
먼 하늘 타고
내 밥상에 왔다

볏짚으로 다정히 묶고
선보이듯 한 다발 김

향기는 코끝에서
그윽한 엄마 내음 같아라

보내 준 이와
맛보는 내가
끝없이 푸른 눈빛으로 빚은
향기는 완도의 이름을 전하고

말해 주지 않은 속 무늬는
이 섬 저 섬을 돈다

내 뜰 연산홍이

이른 봄
연산홍 잎
유난히 생기가 돈다

뒤뜰에 노는 강아지
오줌살에 온몸 뜨거웠는지

날마다 맞아 주는 콧등에
사랑이 깊었는지 잎이 검푸르다

강아지 콧등도 실룩실룩
오늘도 꽃바람 맡는가

나는 누구를 사랑하는가

뜰 가득 멋을 내는
저 나무들도
녹색의 향수를 바람결에 내보내겠다

친구가 되는 것은

내가 그녀를 친구라
여기는 것은
그녀 마음이
나도 모르게 말없이
내 가슴에 와 차 있는 까닭이며

차 있는 것은
친구의 장미 같은 아름다운
용모가 아니라
친구가 지닌 맑은 눈이
말과 행동이 오랫동안
바위처럼 묵묵함이
있는 까닭이며

낮보다 작은 별의 온화함에
그녀는 자신을 알고
나를 아는 이유이며
방석 같은 포근함이
있기 때문이다

눈이 내리고

옛 주인은 가고
잡초가 집을 지키고 있다

그래, 이웃 인사는
이 잡초를 밀어내는 거야
힘쓴 손은 손끝이 아려도
정원은
면도한 사내 뒷모습처럼 환하다

빈자리마다
황금빛 나무 심으니
어색한 이웃 인사가 은빛이다

늦은 2월 초저녁 눈 소복이 내리고
달그락, 옆집 할아버지 내 집 앞
눈을 밀어내고 있다

하이! 덴 인사가 낯설지 않다
덜 익숙한 마당에서

>

눈이 내리고
나뭇가지에 눈꽃이 피고
한적한 곳 나무도
눈꽃을 쌓고 있겠다

밤눈은 어두운 소리 듣는가

고요의 밤이다
그믐밤은 눈을 가려
소리를 내는가

조명이 꺼지고
안쪽이 환해서는 볼 수 없는
어둠의 소리

눈이 나쁘기로 귀가 어둡기로

삭정이 울음소리 누구라도 들어야
편안한 것들
밤의 소리는
밤을 아는 자만이 듣는가

난 검은 창틀에 서서
왼쪽 귀를 후비고 있다

어머니날에

엄마와 어머니라
부르는 얼굴이 다 모였다

이 세상천지에
우리 살 곳에 햇살 가두시려
쪼그려 앉아 햇살 바랜
치마폭으로 햇살 주워 담는
엄마를 보고 엄마가 되었나

그리하여
카네이션이 유별한 오월
오월을 생각하는 자는
모두 꽃잎이 된다

자식들 한자리에 모여
붉은 카네이션 한 송이
엄마 가슴에 피우려는데

이 엄마는 이미
카네이션 향기에
취해 버렸단다

겨울 손님

첫눈이 하얗게 내린다
아직 내릴 철이 아닌데

가을 뱃살에
이불 홑청도 말려야 하는데

밥상 위가 환해지는 김장 배추가
밭에서 속알이 노랗게 한창인데
소복 눈이 파란 몸 에워싸니
놀란 어미 겉잎 축 늘어지겠네

조금 있다가 와야 할 손님
일찍 당도하는 바람에

난 마음이 조급하여
아! 몇 번 소리를 질렀더니
겨울 손님이 가져온 소식
굼뜬 이 몸 일으키려는
어머니 깊은 속마음 같아라

＞
쌀독을 든든히 채우고
장작도 가지런히 하여
군불만 때면

올겨울에 오신 소님
한철 모시는데
도란의 봄꽃 이야기도
놓치면 안 될 성싶네요

산책 길

내 집 뒤뜰에는 공원 묘지가 있고
중앙 산책 길에는 아이들 소리 자자하다

해 질 무렵
어머니! 저 노을 보세요
내 눈이 붉어졌지요
그래! 저리도 타는 빛깔

젊은이 타는 사랑
저보다 더 붉을까

저 태양
저녁 인사 석양으로 빛나고

산책 길 양옆 비석 이야기는 살아 있고
누구는 휘파람도 불었으리

초라한 삶 흔적은 옷이 얇아 "베개"는 작아도
평등하게 나란히 누웠다
얼마나 안심인가

>

내가 여기에 서서 내일에 걱정은 놓으리
저 붉게 타는 노을에게 말하다

생각의 상자

오늘 두 손주 생일
어미들이 차린 음식
상자에 담긴
튀김 튀김 요리 일색이다

손주들 눈과 입 벌어진 함박꽃인데
소리 없는 내 입은 말이 가득하다

삼촌과 할아버지 굳어지는
"간"의 내력
거꾸로 이어지듯
젊은 날에 앗아 간 생명은
가을 낙엽이었다

빈방은 아직도 비어 있다

어떤 아비는 깔끔한 정장 어깨에
직장 무게가 막중하고
두 손 모아 아멘 소리가 큰 아비와
근면과 소속을 챙기는 아비는

늑골이 조금 휘어져 있다

지붕 아래에서
산이 {높기로} 이보다 더 높을까

여보시게!
세월 많이 잡수시고
아직도 식탁에 식은땀인가요

밤은 새벽으로 가고
모래 구멍 물이 새는
항아리 허탈은 어디에서 알까
알고 있는 뉴스에
내일 묻는 안부에 눈물이 없게
하소서

"노인이"

성체 현시 시간
"우리가 묵상하는 주제"

머리 하얀 노인이 뒤뜰에
구덩이 여섯 개를 팠다

이웃은 의아해 왜 구덩이 파세요?
네, 나는 여태껏
'맛있는 배를 먹어 왔소'
그래서 배나무를 심는 거요

그러면 당신이 살아 있는 동안
배를 먹을 수 없을 텐데요?

네, 잘 알고 있소
누군가 앞선 사람이 배나무를 심었기에
난 그동안 맛있는 배를 먹어 왔소

늙어서도 내가 젊은 날처럼 일하니
내가 늙었다 하리오

\>

주님이 내게 준 육신 내 삶이 주님의 것이니
내가 할 수 있는 한 오늘을 다한 것뿐이요

"배나무가 주인을 만났으니
입맞춤을 알고
단맛과 향기로 보답인데"

나는 주인을 매일 보아도
주인을 쉬 잊는다

당신 손이

개나리가 활짝 필 무렵
당신의 긴 손으로
나의 짧은 손 잡아
당신 가슴에 얹혔을 때

나는 당신 심장 소리가
항구에 닿았다는 것을 알고
정박의 안도와
붉은 심장 요동 소리가
오랜 세월인데 지금까지 들리니

당신이 아득히 앞선 날에
나는 당신의 신이었나요?

오늘은 유난히 당신이 남겨 준 옛 시간
그림들을 하나씩 뒤적이면서

인생길 짧았다 허무도 기억하는 날에

당신 어설픈 웃음도

오늘 밤 휘영청 밝은 달에 걸어 보니
내 서투른 웃음이 오히려 부끄러워
달이 볼까
안으로 얼른 발 들어요

제4부

체온을 기억하는

얇디얇은 책갈피에
날마다 제시간에 체온을 묻혔더니
어느 날
모르는 사이 벌떡 일어서 있다

얇디얇은 종이
만져지는 것이 좋은가?
그렇다 찰랑한 소리가 난다

이 기분으로 너를 보고
손끝에서 내 영혼을 일으킨다

라스베이거스에서

하늘길 벼르고 온 라스베이거스
웅장한 건물 밑에 우린
발발거리는 아이가 된다

번쩍이는 머신 앞에
너는 춤추는 사막의 공룡
너를 보기 위해 세계 구석진 곳까지
들뜬 발걸음으로 와 공룡 꼬리라도 잡아
껌벅 죽을까 낮과 밤을 살핀다

꺼지지 않는 밤은 태양을 꿈꾸는가
재우지 않는 밤은 호주머니를 핥는다

눈치의 거대한 광장이다

한바탕 공룡에 취한 듯 사람에 취하고
집으로 돌아가는 하늘길

꿈꾸는, 거대한 공룡을 내려놓는다

숨죽인 잠이 이제사 끄떡끄떡

난 또 무슨 꿈을 꿀까

푸른색 모자를 눌러쓴 젊은이

정원에 나무 심는 젊은이
기온은 낮은데 얼굴은 붉다

젊은이
쉬었다 하세요
뭐 그리 급하세요
오늘이면 충분할 거예요

대답이 없다
푸른색 모자를 눌러쓰고

노력가는
능력자를 부러워 않는 것은
자기 성실을 알기 때문일까

발바닥은 조금씩 달라도
발등 양말의 색깔이 달라도
나란히 걸어가겠다

낮은 햇살이요

고요의 밤하늘

빤짝이는 별빛 소리

듣는 자는

별빛을 기억하겠다

차고를 정리하다

앞집 여인이 차고 안에서
오랫동안 물건을 열어 보고 뒤집고
세우고 정리를 한다
몇 박스의 쓰레기를 분류하고

마음도 저와 같으랴
널려 있는 어지러운 시기에서
정리의 전환점

일이 끝난 듯
후! 하고 손을 비비고
홀가분한 듯 집 안으로 들어간다

마음 뒤편에서
눈으로 당겼다 주저하고
오늘 정리를 했으니
얼마나 산뜻할까

여보! 오늘 저녁에는
모스카토 와인에 취하고 싶어요

음성 들리는 듯!

나의 차고를 열어 본다
눈부신 정리도
어색한 전환점에서 일어난다

촛불을 켜다

성모님 재단에 촛불을 컨다

촛불 하나에 이름 하나

촛불 두 개에 이름 둘

셋에
나의 이름을 둔다
내가 알고 있는 이름을
더럽히지 않으려고
푸른 옷 입고 있는 저 나무들의 숨을
알 수 있게 하소서

또한 눈물이 나거든 순수함에 더 젖게 하시고
돌처럼 굳은 딱딱한 굳은살 떨어져 나가는 피부
위대하지 않습니까 그 속살 안에

기쁨일 때 한 송이 꽃
아픔이면 한 알의 진통제
손잡는 손이기를

어색하지 않게 하소서

차가움과 뜨거움을 모르나이다

그리하여
말간 얼굴에 순수한 촛불은
작은 꽃씨 하나라도 자라
푸른 잎이 하늘을 향할 때면
나의 희망은
이 촛불에 사랑입니다

맛집 나들이

버스 타고 전철 타고
기분 앞세워 맛집 찾아간다

식당 앞줄
식당 이름 외우고 온 듯
마주치는 시선이 한결같이 불그스레하다

자리 잡았다
따끈한 국물과 돋보이는 해물
손님 불러 모으는 비법이
여기에 있나?

사장님 발이 우리 앞에서
"우리는 화학 조미료 안 써요"

네, 사장님 마음이
잘 우려졌네요
입이 정성을 모를 일 있나요

하루를 지탱한 발등은 부어 있는데

다리는 괜찮단다

마음 자리에 앉았나 보다

손가락이 몸을 친다

풀밭에는 늘 푸름이 있어
우리도 푸르고 싶어진다

아기 주먹만 한 공 하나에
다짐한 기억의 오늘을 보는 것

대가리 제일 큰 놈을 휘둘릴 때는
지정된 곳이라 명찰이 붙었다
자리가 높다 모두 시선이 모여 있다

공은 틈새를 노려 가고 싶은 데로 간다
공을 얼마나 바라보았는가
침착의 결과를 보고

누군가 실패한 공이
내 실수한 공과 나란히 있다
번지가 달라 무심코 집어 올리고
속앓이가 시작이다

왜 집어 올려?

깜박 졸음을 누가 알까

보이지 않는 곳에
체면이 구겨진다 공이 갖은 엄위에

지금까지
많이 걸어온 이 길
여전히 골프공이 나를 길들인다
삶을 가르친다

손가락이 머리를 친다
오늘은 반 성공이다
내가 너를 알아본 것에

"초대 방에서" 일기 한 장을 쓰다

2월과 3월은 바람 소리가 요란하다
비와 바람과 봄 길의 다툼인지

일주일 마감의 2월 오늘은 웬일일까
햇살이 창으로 가득 차 봄맛의 봄날이다

지인이 방을 만들어 친구를 초대했다
이름만 있을 뿐 얼굴은 없다

좁은 공간이 불편했는지 슬금슬금 다 빠진다

엉덩이 차가움에 방석 하나 놓으라고
초대한 마음 어색하겠다

나도 흐름 따라 떠날까 마지막 호흡인데
알지 못한 이름에
보름달 같은 글이 올라온다 단둘 남은 공간에
나도 그림 한 점 올렸다
때때로 그림과 글이 살랑살랑이다

>

많아서 좋은 것도 적어서 단출한 것에
귀한 것도 있나 보다

토마스 형제님! 당신은 누구세요?
모르면 어때요. "괜찮아요"

보름달 창 아래
글을 쓰니 연약한 초록 잎이 겨울을 뚫고 나오듯이
봄 햇살같이 낯설지 않는 친근감이 좋아요

토마스 형제님! 당신은
이웃이라는 주님 말씀 기억하시나 봐요

어렵기도, 무겁기도 한 낯선 사랑
주고도 그대로 지닌 햇살같이
가르쳐 주지 않는 가르침에
연약한 꽃잎 하나 피었어요

귓속에 신호

주님이 꽃 한 잎 피었다고
귓속에서 신호를 주시다니요!

술보다 독하고
회초리보다 강한 가려움으로

침침한 동굴에서 뱉어 내는 이물질
명주실 한 올인 듯 곱게 엮어
살갗보다 섬세하고
조각보다 오묘하고
한 작품 만드시다니요!

주님을 찾았더니
나의 작은 몸 귀퉁이에서
귓밥이 한 꽃잎으로

행여 잊을까
어설픈 저에게

기억의 이정표로

예쁜 작품을 주셨네요

단상

{한 여름}
장대비가 쏟아진다
태양에 목 탄 흙이 어깨를 펴고
본연의 향기를 폴폴 낸다

태풍이 온다
그 많은 어려움과 고독에 쌓인 항거가
회오리바람으로 달려온다
그 아래
여린 서러움에 선 자 온몸 벗긴다
옷 입는다

눈이 내리네
빤짝이는 아이들 눈동자
아이들 노래가 동네 어귀까지 퍼진다

슬픔이면 갈증이여
한 송이 국화꽃이 때를 기다리겠다

\>

기쁨이면
지혜와 성실의 가교에서
받는 한 다발 꽃인가

침묵은 고요 속
하얀 달빛으로 환하다

쉬지 않는 맥박은
살아 있기에 빛을 보나니

그늘진 곳 위에도
태양이 있고 달이 뜨고

친구 둘이
한여름 소나기 맞고
보아 줄 일 없는 몰골로
깔깔대는 친구가 나였으면 좋겠습니다

햇살과 유리창

유리창을
말갛게 닦았다

밖에 서성이던 햇살이
본자리인 듯 살짝 들어와
내 흐린 눈을 닦는다

나는 기분이 꽃밭에
앉은 것 같아서
유리창 밖을 내다보니

나란히 줄 선 푸른 가로수
아기자기한 집들
정원에 앉은 작은 꽃 항아리도
말갛게 산 듯
햇살에 찰랑거린다

풀꽃의 사랑

차성환(시인, 한양대 겸임교수)

　　최조을순 시인은 낯선 이국땅에서 뿌리를 내리고 살아가
는 삶에 대해 노래한다. 고통스럽고 힘든 시간을 거쳐 왔지
만 누구보다도 삶에 대한 강한 긍정으로 자신이 속한 生의
터전을 정성스럽게 일구어 왔다. 그가 온전한 삶을 이끌어
올 수 있었던 동력은 바로 신앙의 힘과 사람에 대한 그리움
이다. 그의 시는 밝고 유쾌하고 따뜻한 기운이 가득하다. 수
수하고 맑고 깨끗한 꽃들이 만발한 정원에 서 있는 것처럼 마
음을 포근하게 만든다. 꽃은 혼자의 힘만으로는 필 수 없다.
꽃은 저절로 피어난 것 같지만 눈에 띄지 않는 대자연의 바
람과 햇빛과 토양과 비에 의해서 태어나고 자란다. 최조을순
시인은 자신을 꽃 피우게 한 하나님의 섭리를 깨닫고 이웃에
대한 사랑과 돌봄을 실천하려는 자이다. 그는 누군가의 헌신

과 돌봄을 통해 비로소 자신이 이 땅에 뿌리를 내리고 올곧게 살아 낼 수 있었다고 고백한다. 그리고 우리의 주변에 우리의 도움과 사랑의 손길을 필요로 하는 이웃이 존재한다는 것을 깨닫는다. 그의 시에는 바로 내가 받은 사랑과 돌봄을 그들에게 되돌려 주는 마음이 담겨 있다. 나의 주변 사람을 돌보고 가꾸는 일은 곧 자신의 삶과 마음을 바르게 가다듬는 길이기도 하다. 시집 『생각의 잔고를 쓰다』에는 나의 이웃에 대한 무한한 신뢰와 사랑이 내가 사는 이곳을 좀 더 아름답게 만들 수 있다는 시인의 굳건한 믿음이 담겨 있다. 그의 시는 이웃과 함께 더불어 사는 삶의 아름다움을 노래한다. 이웃에 대한 사랑의 책임을 다할 때 우리의 삶은 곧 축복이고 은총이라는 사실을 분명히 일러 준다.

고국에서 입양한 강아지
솔이라 이름 짓는다
두 팔에 안기는 몸집 내 팔이 가볍다

차를 타니 문풍지 겨울바람인 듯
강아지 바들바들 요동치는 심장은
내 손바닥에서 내가 울컥이다

솔아! 절망을 놓아라
나는 너의 새엄마야

나도 너와 같이 이 나라가 나를 입양했어

걸음마도 아닌 언어에 다물린 입에

내 간직한 국화바람꽃까지 떨었단다

솔아! 내 눈을 봐

너는 나를 만나려 온 골목을 헤매었고

나는 너를 만나려 알뜰한 꿈꾸었나

가난한 인심은 내몰린 환경에서

시냇물 찰랑거리는 노랫소리 기억하는 가슴은

고향 가는 엄마의 비행선에 너를 태웠나 보다

솔아 보이잖니

푸른 잎새 파란 잔디가 너를 보고 있음에

하늘엔 미소요 마른 자리는 안도의 기쁨인가

절룩거리는 다리에서 힘살이 오른다

고운 바람 불어 네가 있고 또 내가 있음인가 보다

자, 밖으로 나가 나비가 약동하는

이 아름다운 동네를 한껏 즐기자

우리만의 새롭고 아늑한 들국화 피는 길섶에서

노래도 좋을시고

—「솔」 전문

"솔"은 "고국에서 입양한 강아지"이다. 아마도 시인은 한국에 잠시 입국했다가 보호자에게 버림받은 한 강아지를 우연히 발견하고 입양을 결정한 듯하다. 이 입양은 한 생명을 살릴 수 있기에 기쁜 일이면서, 동시에 그 생명이 받은 상처를 오랫동안 보듬어야 하는 가슴 아픈 일이기도 하다. '나'는 낯선 곳으로 떠나는 "강아지"가 무서워할까 봐 "강아지"를 품 안으로 끌어안는다. '나'는 "손바닥"으로 "강아지"의 "심장"이 두려움에 "바들바들 요동"치는 것을 느끼고 울컥하는 감정에 빠진다. 고국의 주인에게 버림받아 먼 이국땅으로 입양 가는 "강아지"의 처지가 너무나 불쌍했기 때문이다. 낯선 땅으로 이민을 떠날 때 막막하기만 하던 오래전 '나'의 모습이 떠올랐기 때문이다. '나'는 동병상련同病相憐의 마음으로 "강아지"의 이름을 부르면서 미래의 행복한 삶을 약속한다. 집을 잃고 정처 없이 "골목"을 헤매던 "솔"과의 만남은 '나'에게 희망과 꿈을 불어넣어 준다. '나'는 "강아지" "솔"의 "새엄마"가 될 것이다. "솔"의 아픔을 보살피는 것은 오래전 '나'의 아픔을 돌보는 일과 같다. 서로를 보듬어 안고 살아가는 이국에서의 삶은 결코 외롭거나 힘들지 않을 것이다. "절룩거리는 다리에서 힘살이 오른다". 그것은 "우리만의 새롭고 아늑한 들국화 피는 길섶"을 아름답게 가꾸어 나가는 일이다. 「솔」은 버림받은 한 작은 생명을 입양하면서 느끼는 '나'의 감정이 절절하게 잘 묘사되어 있는 시이다. "강아지" "솔"과 함께 뛰어놀고 "나비가 약동하는/ 이 아름다운 동네"는 곧 시인이 만들어 나가고자 하는 이 세계의 지향점이다. 하지만 이 세계를 꿈꾸기 위해서는 남모르는 고통의 시간을 거쳐 와야 했을 것이다.

싸락눈 같은 첫 이민 생활
당신은 권위 양복 벗고
구두 수선 일에 뛰어들 때
나는 할 말 잃고 눈 감기더라

마실 물 떨어지는 절박도 아닌데
당신은 "어찌 그리 용감하셨는지?"

그해 늦가을에는 메밀꽃이 수수하게 익어서
당신이 좋아하는 메밀국수가 기다리는데

낌새도 없이 내 숨 쉴 틈도 없이 가시는 날
당신은 얼마나 억울했을까?
세월은 그냥 흐르더라

—「바다가 준 꿈」부분

하나님 말씀이
온전히 빛으로 오심을
믿는 시간입니다

알게 모르게
나의 죄에서

고백하는 이 시간
영혼에 흘리는 눈물입니다

이 눈물이 내일
맑은 햇살로 거듭나는
풀잎이기를
소망하는 나의 기도

주님 뜻 안에 무언의 강물도
붉은 눈물도
사랑임을 알았습니다
또다시 알게 하소서

　　　　　　　　　　　　　　—「오늘의 묵상」 전문

　시인은 "첫 이민 생활"을 "싸락눈" 같았다고 회고한다. 마치 비가 내리다가 갑자기 찬 기온을 만나 쌀알처럼 내리는 "싸락눈"을 맞닥뜨리는 것과 같이, 그의 "첫 이민 생활"은 예상치 못한 시련으로 다가온다. "당신"이 본래 "양복"을 입고 버젓이 하던 일을 그만둔 채 낯선 땅에 이민 가 "구두 수선일"을 한다고 하니, 당시의 "나"는 저절로 눈이 감길 정도로 암담했을 것이다. 거기다가 "그해 늦가을"에 "당신"이 갑작스럽게 세상을 떠났을 때는 헤어 나오기 힘든 깊은 절망감에 빠졌을 것이다. "당신"의 그 억울한 삶이 내 가슴을 후벼 파고 이후 남은 가족의 삶도 쉽지 않았을 터이다. 시련과 상처가

치유되기까지는 오랜 시간이 필요하다. 이루 말할 수 없는 회한에 시달렸을 것이다. 시인은 이 시기를 "세월은 그냥 흐르더라"라는 건조하고 짧은 문장으로 담담하게 말한다. 자신의 고통스럽고 힘들었던 시간을 "세월"의 흐름에 조용히 떠내려가게 둘 수 있을 때까지는 얼마나 오랫동안 마음의 부침이 있어 왔을까. 아픔과 상처를 가슴에 품고 삭이고 삭여서 저며질 때까지 남모르는 시간을 버텨 왔을 것이다. 시인은 그 고통의 시간을 신앙의 힘으로 이겨 온 듯하다. 지금 흘리는 "이 눈물이 내일/ 맑은 햇살로 거듭나는/ 풀잎"이 될 수 있도록 "기도"하면서 험난한 세월을 건너 온 것이다. '나'는 "하나님 말씀"을 통해 살아가는 의미를 찾아낸다. 곧 '나'의 삶이 "주님 뜻 안에 무언의 강물도/ 붉은 눈물도/ 사랑임을" 증거하는 삶이어야 한다는 것을 깨닫게 된 것이다. "하나님 말씀"을 따르는 신앙의 힘으로 이겨 낸 이 고통의 시간이 아마도 지금의 아름다운 꽃을 피우게 된 바탕이 되었을 것이다.

엄마와 어머니라
부르는 얼굴이 다 모였다

이 세상천지에
우리 살 곳에 햇살 가두시려
쪼그려 앉아 햇살 바랜
치마폭으로 햇살 주워 담는
엄마를 보고 엄마가 되었나

그리하여

카네이션이 유별한 오월

오월을 생각하는 자는

모두 꽃잎이 된다

자식들 한자리에 모여

붉은 카네이션 한 송이

엄마 가슴에 피우려는데

이 엄마는 이미

카네이션 향기에

취해 버렸단다

—「어머니날에」 전문

　　여기 "붉은 카네이션 한 송이"가 피어나려고 한다. "오월"의 "어머니날"을 기리기 위해 "자식들"이 "엄마"를 찾아 "한자리"에 모인 것이다. 낳아 주고 길러 준 "어머니"의 사랑을 보답하는 이날은 "모두"가 "꽃잎"이 되는 날이다. "엄마 가슴"에 "붉은 카네이션 한 송이"가 꽂히기도 전에 "이 엄마는 이미/ 카네이션 향기에/ 취해 버렸"다며 엄살 아닌 엄살을 부리는 대목은 잔잔한 감동과 기쁨을 준다. 서로를 위하는 가족의 사랑과 신뢰가 이렇게 아름다운 풍경을 만들어 낸다. 가족이 한데 모여 "어머니"의 사랑을 기리는 모습은 따듯하고 흐뭇하기 그지없다. 이들 가족의 가슴속에는 모두 한 장의 "꽃잎"을

간직하고 있는 것이다. 사랑이라는 이름의 "꽃잎"을. 사랑의
마음이 피어 올린 "꽃잎"이 모여 "붉은 카네이션 한 송이"와
같은 숭고한 어머니의 사랑을 이룬다.

꽃잎 피기로
어느 꽃인들 아름답지 않으리
백합 장미 진달래도 한 시절 피면
스치고 마는 것

웃음꽃이 있기로
입 언저리에 와 꽃송이 터지면
몸은 출렁출렁 자지러지고 정신 차릴 때면
짓눌린 어깨 결림 저만치 물러서 있다

몸속에 들어간 꽃잎은 저마다 기억을 간직해
야들야들 휘파람 불면
몸이 아프다 또 어찌 내색을 할까
이빨 사이 신음도 비켜 가네요

웃음꽃도 꽃잎으로
만인에 평등하니
너무 착하다 무시는 말라 한다

나 어제 집 입구 바닥에

엉덩이가 철썩 했지
순간 웃음꽃이 빵 터졌죠
아픔이 웃음꽃 보고 수줍었는지
난 엉덩이만 툭툭 치고 일어났어요

논에 물 대는 모터 소리는 윙윙
웃음꽃 피는 몸뚱이에는
게으른 배꼽이 들썩들썩

수시로 수시로 웃음꽃이에요!

　　　　　　　　　　　　　　—「입가에 피는 꽃」 전문

　이제 '나'에게는 모든 일상이 "꽃"으로 보인다. 하루하루가
소중하고 귀한 "꽃"이다. 아무리 화려한 "꽃"도 "한 시절" 피
고 나면 스러진다. 우리의 삶 또한 영원하지 않고 "한 시절"
피는 덧없는 "꽃"과 같을 것이다. 그런데 "꽃" 중에 제일인
"꽃"이 바로 이 "웃음꽃"이다. "입 언저리에 와 꽃송이 터지
면" 온몸이 자지러지게 출렁거리고 어느새 "어깨 결림"도 사
라져 버린다. 웃음 치료라는 말도 있지만 순간 피어나는 "웃
음꽃"은 아픈 몸도 낫게 하는 것이다. 한번 핀 "웃음꽃"은 입
가에서 떨어져 사라지지 않고 웃음을 삼키듯이 내 "몸속에 들
어"가 '나'와 함께한다. "몸속에 들어간 꽃잎"은 그 "웃음꽃"
을 피우게 했던 "저마다"의 "기억을 간직"하고 있다. 예전에
"웃음꽃"이 터졌던 상황이 "기억"날 때마다 내 "몸속"에 간직

하고 있던 "꽃잎"들은 다시 간질간질한 식도를 타고 입가에 "웃음꽃"을 피어 올리는 것이다. '나'는 "어제 집 입구 바닥에" 넘어져서 "엉덩이가 철썩" 한 순간, "몸속"에 간직한 "꽃잎"이 들썩여 "웃음꽃이 빵 터졌"다. 지금 또 "어제" 넘어진 일이 생각나자마자 "웃음꽃"이 터지니 말 그대로 살아가는 일이 "수시로 수시로 웃음꽃"이다. 혹시 시인은 "웃음꽃"의 "꽃잎"을 장기 복용하고 있는 건 아닐까. 그의 얼굴은 늘 꽃송이처럼 환하고 좋은 향기로 가득하리라. 활짝 핀 꽃송이를 보듯이 그를 바라보는 우리의 마음도 내내 즐겁고 기쁘리라.

바다가 키워 준 돌김
먼 하늘 타고
내 밥상에 왔다

볏짚으로 다정히 묶고
선보이듯 한 다발 김

향기는 코끝에서
그윽한 엄마 내음 같아라

보내 준 이와
맛보는 내가
끝없이 푸른 눈빛으로 빚은
향기는 완도의 이름을 전하고

말해 주지 않은 속 무늬는

이 섬 저 섬을 돈다

―「완도 김」 전문

머나먼 고국에서 누군가 "돌김"을 보내 주었다. '나'는 이
국에 있는 '나'의 "밥상"에 올라온 "돌김"의 내력을 찬찬히 살
펴본다. "완도"의 "바다가 키워 준 돌김"을 "볏짚으로 다정히
묶고" 또 그것을 포장해 "하늘" 편으로 비행기 태워 "보내 준
이"의 마음을 생각한다. "돌김"을 키워 낸 정성과 그 속 깊은
마음이 지극한 탓에 "내 밥상"에는 "엄마 내음"이 가득하다.
"돌김"을 "보내 준 이"는 멀리 있지만 "돌김"의 "맛"을 볼 때
는 마치 '나'와 같이 "밥상"에 앉아 그와 함께 "끝없이 푸른 눈
빛"을 서로 나누는 것 같은 착각에 빠진다. "돌김"의 맛을 보
며 그의 바다처럼 넓고 깊은 마음을 조심스럽게 더듬어 보는
일. '나'는 "돌김"을 "보내 준 이"가 "말해 주지 않은" 마음속
"무늬"를 가늠해 보는 것이다. 그 마음속 무늬는 넓고 깊고
아름답다. 그것은 "이웃 인사"라는 귀여운 핑계로 아직 얼굴
도 모르는, 새로 이사 올 이웃을 위해 빈집의 정원 잔디를 대
신 밀어 주는 '나'의 마음이다. 늦은 2월 초저녁, 내 집 앞에
쌓인 눈을 '나' 대신 밀어 주는 "옆집 할아버지"(「눈이 내리고」)의
마음이기도 하다. 그 마음이 시를 읽는 우리를 훈훈하게 해
준다. 최조을순 시인이 기록하고 있는 이국에서의 삶은 감사
함으로 채워져 있다. 힘든 일이 왜 없었겠는가. 타지에서의
외로움을 이겨 내고 내게 주어진 텃밭을 힘차게 일궈 나간다.

그렇다. 이웃과 함께 정을 나누면서 살아가는 그는 은은한 향기를 품은, 수수하고 강인한 '풀꽃'을 닮았다.

풀꽃
너의 이름은 모른다
푸른 미소가 있어
화분에 놓아 보았다
서리 맞고 물러선 빈자리에

제자리인 듯 한자리인 듯
기운대로 일어선다

내가 너를 처음 본 만큼
온몸 일으킨다

굳건함은 의지를 품었더냐
자꾸 시선이 간다
보는 만큼 정이 든다

―「풀꽃」 전문

"풀꽃"은 세상에 다른 화려한 꽃들에 비해 볼품없고 수수한 외양을 가진다. 주변에 쉽게 볼 수 있는 것이 "풀꽃"이고 그렇기 때문에 일부러 관상용으로 화분에 키우지 않는다. 하지만 '나'는 그 "풀꽃"에서 "푸른 미소"를 발견하고 "화분"에 키우려고 한다. 그 "화분"에는 이전에 다른 식물이 심겨졌다가 "서리 맞고 물러선 빈자리"가 있다. "화분"의 "빈자리"에 심겨진 "풀꽃"은 그곳이 "제자리인 듯 한자리인 듯" 기운을 내서 일어서려고 한다. '나'는 "온몸"을 다해서 일어서려는 "풀꽃"의 모습에서 강인한 생명의 "의지"를 읽어 낸다. 마치 응원을 하는 것처럼 "풀꽃"에게 "자꾸 시선이" 가고 "보는 만큼 정이 든다". "풀꽃"을 보며 고국을 떠나 먼 낯선 땅에 뿌리를 내리고 살아온 자신의 삶이 떠올랐을 것이다. "풀꽃"이 "화분"에 뿌리를 내리고 "온몸"을 일으켜 세우려는 힘은 곧 시인 자신이 품은 생生의 "의지"이기도 하다. 언뜻 보면 연약해 보이지만 이처럼 생명력 강한 "풀꽃"은 어디에도 없다. 그리고 "풀꽃"과 같은 작은 생명에게 "정"을 주는 마음이 곧 시인이 배운 사랑일 것이다. 자신의 "집 뒤뜰에 성모님상 모시고 싶"(「사랑을 물으시거든」)다는 시인의 말에 한달음에 달려와 소원을 들어준 친구 부부의 이야기처럼 사랑은 먼 곳에 있지 않다. 이웃의 이야기에 귀 기울이고 그 마음을 헤아리는 것이 사랑의 시작이다. 시집 『생각의 잔고를 쓰다』의 서두에 놓인 사진 한 장 속 "성모님상"이 바로 친구 부부가 보여 준 그 사랑의 실천이지 않을까 싶다. "성모님상" 사진을 시집 속에 포함시켜 그 우정을 기리고 싶은 시인의 마음 또한 사랑의 실천이지 않을까. 그의 시를 읽다 보면 어느새 길가에 꽃들과 나무들이 심어 있는 "아름다운 동네"(「솔」)를 걷고 있는 나를 발견하게 된다. 낯선 이국땅에서 아름다운 삶을 일궈낸 그의 마을이 이 시집 속에 있다. 시인이 강아지 "솔"과 함께 뛰어

노는 그 마을에 가고 싶다. 그 마을은 우리 가슴속에 있다. 서로를 위한 따뜻한 마음이 우리가 사는 세상을 아름답게 만들 것이다. "풀꽃"의 향기가 가득하다.